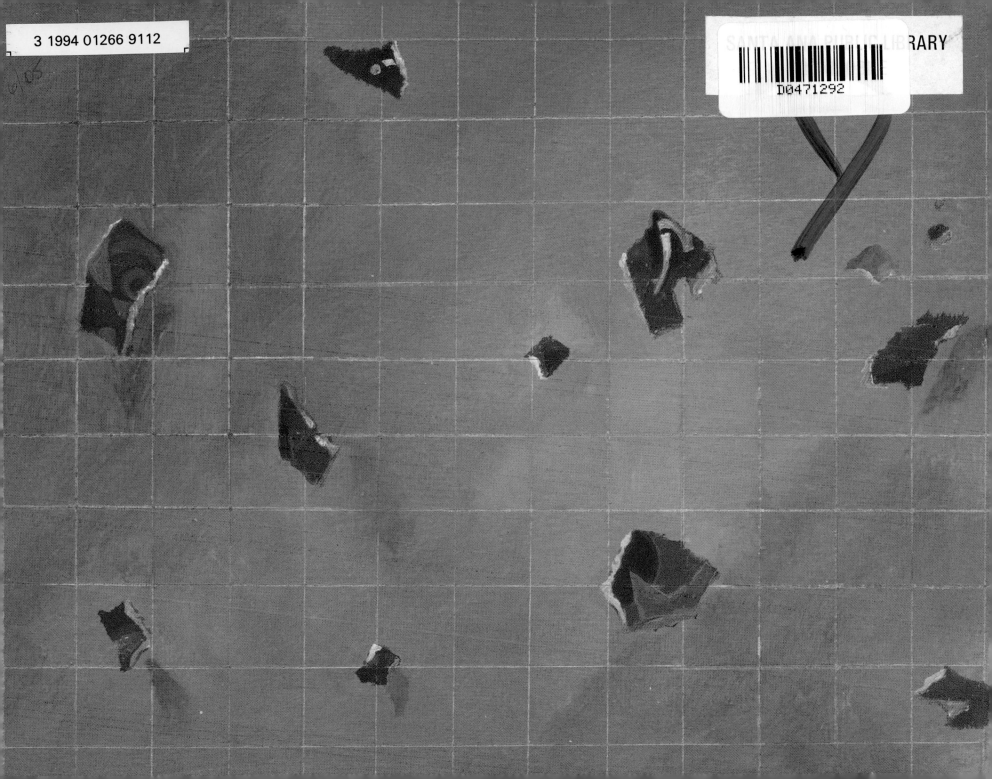

Vicente, Marta
    La cajita / Marta Vicente. – México : FCE, 2004
    32 p. : il. ; 21 x 27 cm – (Colec. Especiales
A la Orilla del Viento)
    ISBN 968-16-7181-3

    1. Literatura infantil I. Ser II. t

LC PZ7  Dewey 808.068 V184c

Primera edición: 2004

Coordinador de la colección: Daniel Goldin
Dirección artística: Mauricio Gómez Morin
Diseño: Francisco Ibarra Meza

D.R. © 2004, Fondo de Cultura Económica
Av. Picacho Ajusco 227
14200, México, D.F.

www.fondodeculturaeconomica.com
Comentarios y sugerencias: alaorilla@fce.com.mx

ISBN 968-16-7181-3

Tiraje 10 000 ejemplares
Encuadernadora e Impresora Progreso, S.A. de C.V.
Impreso en México – *Printed in Mexico*

# La cajita

## Marta Vicente

LOS ESPECIALES DE

*A la orilla del viento*

FONDO DE CULTURA ECONÓMICA
MÉXICO

En un cuarto abandonado de la casa

Manchita se moría de aburrimiento.

Nada.

Ni una mirada,

ni un gesto,

ni quien le hiciera caso.

De pronto…

¿qué será?

¿Un castillo impenetrable?

¿Un robot justiciero?

¿Una ballena encallada?

¿O un temible dragón?

Puede ser un sombrero...
¿O un tren?